ENCYCLOPÉDIE

DES

Nouveautés Scientifiques et Littéraires

Paraissant tous les jeudis.

Télégraphie

ET

TÉLÉGRAPHES SANS FILS

Par Charles Martin

Professeur de l'Université.

Prix : 15 centimes.

J.-B. Briaud & Cie, Éditeurs, 34, rue du Commerce, Paris.

No 4

ABONNEMENTS : 10 fr. par an

En préparation :

Les Aimants.
L'Aluminium.
L'Annam.
L'Algérie.
L'Absinthe.
L'Assistance publique.
Les Aérostats.
L'Alcoolisme.
L'Acier.
L'Arménie.
L'Analgésie.
L'Acétylène.
L'Antisepsie.
L'Alchimie.
Les Abeilles.
Les Allumettes.
Les Araignées.
Les Ballons.
La Banque de France.
Le Cœur.
Les Cyclones.
Le Cuir.
Les Cloches.
Le Chocolat.
Christophe Colomb.
Le Caoutchouc.
Le Café.
Le Corail.
Le Chat.
La Céramique.
Le Croup.
Le Charbon.

Le Choléra.
La Crète.
Le Diamant.
Le Diabète.
Les Égouts.
L'Eau.
L'Ergotisme.
L'Éléphant.
L'Évolution.
L'Épilepsie.
L'Éclairage.
L'Égypte.
Les Étoiles filantes.
Le Fer.
Les Fourmis.
Les Fourrures.
La Goutte.
Gay-Lussac.
La Galvanoplastie.
Hoche.
La Houille.
L'Hystérie.
Les Impôts.
Jeanne d'Arc.
Le Juif à travers les âges.
La Lune.
Les Localisations cérébrales.
La Lèpre.
Le Libre Échange.
Lavoisier.
La Musique.
Madagascar.

Le Nickel.
La Neurasthénie.
Newton.
L'Opium.
L'Or.
L'Obésité.
Le Paratonnerre.
La Phagocytose.
Le Pôle nord.
Les Perles.
La Photographie des couleurs.
Le Protectionnisme.
La Poste aux lettres.
Le Pétrole.
La Peste.
Les Rayons X.
Richelieu.
Le Siam.
Le Sang et ses maladies.
Les Sauterelles.
Le Sucre.
Stercora.
Le Transformisme.
Le Thé.
Le Téléphone.
Le Tabac.
La Théorie atomique.
La Tuberculose.
Les Tremblements de terre.
Les Tours.
Vasco de Gama.
La Viande, etc., etc.

OUVRAGES PARUS :

N° 1. — *Le Pain de l'Avenir*, par Ch. THIABAUD, ingénieur.
N° 2. — *L'Alsace-Lorraine*, par C. CLÉMENT.
N° 3. — *Le Sel et ses applications modernes*, par M. LAMAY.

TÉLÉGRAPHIE

ET

TÉLÉGRAPHES SANS FILS

Par Charles MARTIN
Professeur de l'Université.

LES TÉLÉGRAPHES

Tout le monde sait que la télégraphie a pour objet, comme son nom l'indique, les moyens de *correspondre au loin*. Mais ce nom évoque en outre à l'esprit de tous une idée qu'il ne contient pas, la rapidité. C'est là, en effet, dans l'espèce, une qualité infiniment précieuse, c'est elle qui fit la fortune du télégraphe électrique.

De tous les agents physiques auxquels on peut s'adresser pour transmettre à distance des signaux le plus rapidement possible, l'électricité est, avec la lumière, celui qui convient le mieux par la prodigieuse vitesse de sa propagation.

Qu'on imagine un fil faisant le tour du globe d'un pôle à l'autre, cet énorme circuit de 10,000 lieues sera parcouru en moins d'une seconde! Aussi, dès qu'il fut connu, cet agent éclipsa-t-il tous les autres. Est-ce à dire que, parmi ces derniers, il n'y en avait point qui eussent quelque mérite?

Bien au contraire, — et plusieurs d'entre eux sont encore avantageusement employés concurremment avec la télégraphie électrique qui, malgré toute sa supériorité, présente, comme toute méthode, ses desiderata.

La *télégraphie acoustique* a rendu des services : aidée de l'électricité, elle a produit le téléphone.

La *transmission par translation* comprend l'emploi de courriers rapides tels que les pigeons voyageurs, dont les services ne sont plus à compter. On sait que la famille de Rothschild leur dut, en 1815, les premiers fondements de son immense puissance financière.

La *télégraphie pneumatique*, aujourd'hui si employée, se rattache directement à la correspondance par *translation* dont elle réalise le type le plus parfait.

Quant à la *télégraphie optique*, vieille comme le monde, mais de jour en jour rendue plus parfaite et plus précieuse, elle a déjà fourni des preuves nombreuses des services que l'armée et la marine en peuvent justement attendre.

Dans ce petit volume nous nous proposons de donner une vue d'ensemble des méthodes usitées en télégraphie, en faisant comme de juste la belle part au télégraphe électrique et en nous arrêtant particulièrement aux perfectionnements que le progrès des sciences ne cesse d'y apporter.

I

COMMUNICATIONS TÉLÉGRAPHIQUES SANS FILS

Il s'agit seulement ici des systèmes de télégraphie qui ne relèvent pas de l'électricité. Nous verrons plus loin, après avoir étudié le télégraphe électrique, ce qu'il faut penser du rôle des fils de ligne et de leur suppression.

Nous voulons parler ici — et nous n'en dirons qu'un mot — des communications aériennes par signaux de toute sorte, autrement dit des divers modes de *télégraphie optique*.

Vieille comme le monde, avons-nous dit, la télégraphie optique remonterait, suivant certains auteurs, à la construction de la Tour de Babel. Nous ne chercherons pas à élucider ce point; nous ne suivrons pas non plus les manifestations de la télégraphie par signaux aériens dans le cours des âges héroïques.

Bornons-nous à constater que l'idée de produire sur les hauteurs des feux auxquels on attache une signification déterminée, ou de transmettre de station en station des signaux conventionnels, est trop naturelle pour n'avoir pas été réalisée de tout temps. Elle est actuellement encore employée en Afrique par les Arabes, et chez différentes peuplades sauvages. L'Italie, l'Espagne et l'Afrique en particulier sont couvertes de tours d'observations qui ont certainement servi à pareil usage, et l'on est assuré que les anciens se servaient de signaux alphabétiques.

Plus près de nous, nous rappellerons pour mémoire l'invention par Monge d'un télégraphe à signaux, et surtout celle de Claude Chappe qui eut, à l'époque, un succès justement mérité.

Les *sémaphores* de nos côtes peuvent donner une idée du télégraphe Chappe; mais, outre que les signaux sémaphoriques ne peuvent donner lieu qu'à des combinaisons assez limitées qui, malgré les perfectionnements apportés, ne peuvent soutenir la comparaison avec la souplesse de l'alphabet Chappe, l'établissement des sémaphores est exclusivement côtier et son rôle se trouve nécessairement restreint au voisinage de la mer.

Pour construire son télégraphe, Claude Chappe se souvint d'un appareil rudimentaire qu'il avait imaginé étant au séminaire, pour correspondre avec ses frères, logés à quelque distance.

C'était une règle de bois tournant sur un pivot et portant à chacune de ses extrémités une règle plus petite pouvant prendre diverses positions auxquelles on était convenu d'attacher un sens particulier.

C'est cet appareil perfectionné qui constitue le télégraphe que bien des personnes se souviennent encore d'avoir vu. Les 3 pièces mobiles pouvaient former 196 combinaisons ou figures différentes, dont chacune représentait un signe simple auquel un sens spécial était attaché. Installés sur le haut de tours élevées, les appareils échelonnés sur la ligne télégraphique répétaient les uns après les autres les divers signaux, et la transmission se faisait assez rapidement... quand elle n'était point interrompue par les brouillards.

Il peut sembler étrange de faire aujourd'hui l'éloge de ce système qui nous paraît bien démodé ; mais il faut se reporter à l'époque où il fut imaginé et il n'est que juste de remarquer que le télégraphe Chappe, d'ailleurs adopté bientôt (partout où il n'était pas copié), réalisa, sur tous les systèmes alors employés, un véritable et remarquable progrès.

Les circonstances dans lesquelles fut inaugurée la première ligne télégraphique de ce genre, outre l'intérêt historique qu'elles présentent, méritent d'être rapportées en ce qu'elles donnent une idée de la rapidité, jusqu'alors inconnue, avec laquelle une nouvelle pouvait être transmise.

La ville de Condé venait d'être reprise sur les Autrichiens. Le jour même, 1er septembre 1794, à midi, une dépêche partie de la tour Sainte-Catherine, à Lille, arrivait de poste en poste sur le dôme du Louvre, au moment même où la Convention entrait en séance.

Carnot monte à la tribune et lit le message :

« Condé est restitué à la République ; la reddition a eu lieu ce matin à six heures. »

On juge si la nouvelle fut accueillie avec enthousiasme. Le système nouvellement adopté avait du bonheur pour son premier début. Des applaudissements unanimes éclatèrent et immédiatement la Convention expédia cette réponse : « L'armée du Nord a bien mérité de la Patrie. »

Tout cela fut si rapide que les ennemis, surpris et confondus, crurent, dit-on, que la Convention siégeait au milieu de l'armée.

Ce n'est que beaucoup plus tard, après la découverte de la pile, que l'application des courants à la télégraphie devait faire définitivement abandonner l'invention de Chappe. Elle avait du moins fourni une longue et brillante carrière et il n'est que juste de ne point oublier les services qu'elle a rendus.

Devant les vieux appareils à signaux irrémédiablement abandonnés, l'on se prend à songer à l'irrésistible marche des choses en avant, au sort réservé dans l'avenir aux systèmes les plus fêtés dont la vogue ne saurait résister au progrès des connaissances et des besoins nouveaux ; et

l'on peut rappeler l'apostrophe connue du chansonnier
Nadaud :

> Que fais-tu, 'mon vieux télégraphe,
> Au sommet de ton vieux clocher,
> Sérieux comme une épitaphe,
> Immobile comme un rocher?
> Hélas! comme d'autres, peut-être,
> Devenu sage après la mort!
> Tu réfléchis, pour les connaître,
> Aux nouveaux caprices du sort.

Les signaux sémaphoriques, notoirement insuffisants
au début, ont bénéficié des progrès réalisés en d'autres
services. On a songé à utiliser le panache de fumée des
navires à vapeur en l'illuminant au moyen de réflecteurs
et de verres colorés, de façon à constituer des signaux à
la fois très visibles et suffisamment clairs.

M. Bonnet, de Cadix, a imaginé un appareil qui fut avantageusement employé par l'armée espagnole. Des signaux
lumineux ont été aussi envoyés à travers la baie de Cadix,
large d'environ 10 kilomètres. Ceci nous amène aux procédés modernes de la télégraphie optique.

TÉLÉGRAPHIE OPTIQUE MODERNE. — L'administration militaire attache avec raison beaucoup d'importance au développement des services de télégraphie optique. Des expériences et des exercices sont continuellement faits à Saumur,
à Saint-Maur, au Mont-Valérien, etc.

Parmi les appareils employés à cet effet, nous citerons
les plus dignes d'intérêt.

L'héliographe de Leseurre, qui fut le véritable précur-
seur de la télégraphie optique moderne. L'inventeur, en
1855, l'avait destiné à faciliter nos opérations militaires en
Algérie et pour cela il avait donné à son appareil une disposition aussi simple que précise qui en permettait l'emploi
à toute personne sans exiger de préparation spéciale : il se
compose essentiellement d'un système de miroirs recueil-
lant les rayons du soleil et les projetant dans une direction
déterminée. Un système d'écran à trappes mobiles, dont la
manœuvre était commandée par une manette, complétait
l'appareil. A volonté, l'on pouvait intercepter ou laisser

passer le faisceau lumineux. L'émission longue ou brève se prêtait à un langage conventionnel du genre Morse.

Avant d'envoyer la communication, l'attention était appelée par la production de quelques éclairs sur le fond du ciel.

Les Anglais ont utilisé avec beaucoup de profit, dans leurs campagnes de l'Afghanistan, un dispositif dû à un ingénieur, M. Mance, et qui se fait remarquer par une qualité surtout. Il est extrêmement simple, léger, et par conséquent peu encombrant, et malgré cela portant au moins à 25 kilomètres. Les appareils de plus grande dimension peuvent avoir une portée beaucoup plus considérable (80 à 100 kilomètres). Du reste, quand il s'agit de signaux lumineux, on sait avec quelle facilité on les aperçoit de fort loin. Leverrier a perçu de N.-D. de la Garde des rayons solaires lancés du cap Creux, en Espagne. C'est un simple miroir dont la manœuvre s'exécute au moyen d'une véritable clef de Morse. Une mire opaque placée à quelque distance arrête le faisceau lumineux quand l'appareil est mis au repos. Mais, dira-t-on, si le soleil est derrière l'opérateur? Un second miroir porté sur un bras relié au support vertical permet d'être toujours en état de recueillir les rayons solaires et de placer en avant du miroir projecteur une image virtuelle du soleil.

Mais s'il n'y a pas de soleil du tout? En ce cas, on peut utiliser la faible clarté de la lune, ou, si l'on peut, une lumière artificielle.

Appareil du capitaine Mangin. — C'est celui qui est adopté en France. Qu'on imagine une lanterne à projections munie d'un écran avec trappe mobile manœuvrée par une manette. La source lumineuse est une forte lampe, ou le soleil lui-même selon les besoins.

Une lunette, dont l'axe optique est parallèle à la direction des rayons lumineux qui sortent de l'appareil, est destinée au réglage et permet de s'assurer que la station avec laquelle on communique reçoit bien les signaux et de recevoir les siens.

Outre sa valeur au point de vue télégraphique, cet appareil réalise un type de puissant appareil d'éclairage et peut, dans cet ordre d'idées, rendre de réels services à l'art militaire, soit en éclairant les travaux de l'ennemi ; soit, comme l'ont prouvé des expériences faites en rade de Cherbourg et à Toulon, en paralysant la marche des navires, incapables sous cet afflux lumineux de diriger leur marche. C'est pour la défense un moyen nouveau... bien que renouvelé d'Archimède.

Divers autres dispositifs, en usage chez les diverses nations européennes, ne présentent, avec l'excellent appareil Mangin, que des différences de détails dans l'éclairage.

En résumé, ce qui fait de la télégraphie optique un précieux moyen de correspondance, applicable surtout à l'art militaire et à la défense des côtes, c'est que la ligne est toujours ouverte, toujours prête à fonctionner par-dessus l'ennemi qui ne saurait la couper.

Sa supériorité sur les signaux sémaphoriques c'est la possibilité de lancer de véritables dépêches traduisibles en un alphabet conventionnel, au lieu d'être limité à quelques phrases d'avance toutes faites.

L'objection la plus grave qu'on puisse lui faire est de n'être pas assez secret.

Mais on y a tout récemment remédié par l'emploi de lumière polarisée. C'est tout ce que nous pouvons en dire ici.

II

TÉLÉGRAPHIE ÉLECTRIQUE

Parmi toutes les étonnantes découvertes qui signalent le siècle présent, l'une des plus étonnantes et certainement l'une des plus utiles au développement et au progrès de la civilisation, est la transmission instantanée et à des distances considérables de la pensée humaine. Celle-ci s'exprime par la parole ou par l'écriture. Il était réservé à l'électricité d'ajouter, à tous les autres titres qu'elle a à notre admiration, cette nouvelle et véritablement extraordinaire application de pouvoir enregistrer et transmettre d'un bout du monde à l'autre ces deux modes d'expression avec le même succès. Avec le télégraphe et le téléphone, les distances ne comptent plus et le temps qui, selon la formule des Anglais, qui s'y connaissent, est de l'argent, se trouve économisé au delà de toute espérance.

Lorsque, il y a environ un demi-siècle, Ampère découvrit les lois de l'électricité dynamique, on eût bien étonné l'illustre et modeste savant en lui prédisant le sort réservé à ses ingénieuses expériences. Car, pour le dire en passant et malgré les revendications de l'Angleterre, de l'Amérique et de l'Allemagne, c'est bien à un savant français que revient l'honneur de l'invention de la télégraphie électrique.

Sans doute, dès le siècle dernier, plusieurs physiciens ont songé à correspondre à distance par le moyen de l'électricité. De tout temps, on le sait, les hommes ont senti le besoin et cherché les moyens de communiquer entre eux. Ces moyens, ils les cherchaient naturellement dans le cercle des agents naturels qu'ils avaient à leur disposition. Les procédés employés aux diverses époques est naturellement en rapport avec l'état des connaissances. Du jour où l'électricité fut connue, on ne pouvait manquer de s'adresser à ce nouvel et extraordinaire agent. Mais la seule énergie électrique qui fut connue au siècle dernier était celle fournie par les machines. Les tentatives faites dans ce sens et avec ces pauvres moyens ne pouvaient, malgré l'ingéniosité de quelques systèmes, conduire à des résultats bien pratiques. Et la meilleure preuve est que la télégraphie aérienne par signaux triompha des premiers projets de télégraphie électrique à laquelle elle fut par tous jugée bien supérieure. Claude Chappe, et la chose ne manque pas d'un certain piquant, après quelques essais abandonna (et en raison des difficultés et du peu de ressources qu'offrait à l'époque l'électricité statique, la seule connue, il fit bien) cet agent nouveau, capricieux, qui devait plus tard, en d'autres mains et sous une autre forme, regagner le temps perdu et faire oublier et reléguer, comme objets de curiosité, ses appareils à signaux.

La découverte de la pile devait changer la face des choses.

En 1811, Sœmmering imagina un télégraphe fondé sur l'emploi de l'électrolyse de l'eau comme moyen indicateur.

Mais c'est Ampère qui, en 1820, à une époque où l'électro-aimant n'était pas encore connu, imagina, en application de l'expérience d'Œrstedt, de correspondre au moyen d'aiguilles aimantées au-dessus desquelles on lancerait un courant.

Le système comportait autant d'aiguilles et de fils qu'il y a de lettres. Le germe de la télégraphie était tout entier dans cette combinaison de l'électricité et du magnétisme.

En 1837, à Munich, Steinheil, qui devait plus tard imaginer ce qu'on appelle le *retour du courant par la terre*, construisait des télégraphes de plusieurs fils agissant sur autant d'aiguilles aimantées. Ainsi faisait aussi Wheastone, à Londres, jusqu'au jour où par l'emploi d'électro-aimants il eut trouvé et réalisé la disposition véritablement pratique qui est en somme celle qu'on emploie partout aujourd'hui. Cela date de 1840.

Nous ne pouvons songer à tracer ici l'histoire, même abrégée, des perfectionnements successifs apportés aux premiers dispositifs, non plus qu'à énumérer et décrire les différents systèmes de télégraphes.

C'est tout un chapitre de physique appliquée qui ne saurait trouver place ici et que nous n'avons point à faire dans ce volume. Mais il convient de rappeler pour mémoire les principaux de ces appareils, ceux qui sont les plus remarquables, les plus connus et les plus employés, et aussi de faire connaître, au moins, le principe des dispositions noùvelles moins connues qui réalisent quelque progrès important. A ce prix seulement nous serons en état de juger des progrès accomplis, des résultats obtenus, de ce qui reste à faire et de ce qu'on peut attendre pour l'avenir de certaines idées nouvelles.

Classification. — Dans l'état actuel des choses, au milieu de la diversité des dispositifs qu'on a imaginés, il est avantageux de grouper les différents systèmes autour de deux types fondamentaux :

1° Le système Morse et ses dérivés dans lesquels les lettres sont représentées par les *répétitions et combinaisons de deux signes élémentaires distincts ;*

2° Les appareils à *synchronisme* dans lesquels chacun

des signes élémentaires est différencié par le *moment* où il se produit.

Les signaux reçus à l'arrivée peuvent d'ailleurs n'être qu'*indiqués*. Ce sont les appareils à *signaux fugitifs*.

Si ces signaux sont enregistrés sous forme de tracés conventionnels, l'appareil est dit à signaux enregistrés.

Cette dernière disposition est préférable, car elle donne la possibilité d'un contrôle.

D'autres appareils dits *imprimeurs* traduisent les signaux automatiques par des impressions typographiques. Enfin, nous n'aurions garde d'omettre certains systèmes télégraphiques, dits à *grand rendement*, dans lesquels d'ingénieuses combinaisons et dérivations de courant permettent d'obtenir une remarquable rapidité.

Ces derniers dispositifs présentent en outre cette particularité qui nous intéresse ici, non pas de supprimer les fils, mais d'en restreindre l'emploi. Un seul fil pour plusieurs dépêches. Tel est le très remarquable résultat obtenu.

QUELQUES INDICATIONS SUR LES PRINCIPAUX TYPES DE TÉLÉGRAPHE. — Quel que soit le système employé, il y a des parties essentielles qui ne changent point ou du moins sans lesquelles il n'est point de télégraphie. Un télégraphe électrique se compose toujours d'un *conducteur* formant le circuit de la pile, d'un *manipulateur* qui envoie la dépêche et enfin d'un *récepteur* qui recueille celle-ci à son arrivée au poste terminus.

Le conducteur est généralement, ou plus exactement, a toujours été jusqu'ici un *fil métallique*. Nous verrons plus loin dans quelles conditions, dans quelle mesure et aussi sous quelles réserves il convient d'accepter la conception d'un télégraphe *électrique sans fil*. Nous n'en dirons rien à cette place.

Le *récepteur* et le *manipulateur* sont l'un et l'autre variables avec les divers appareils.

Nous nous bornerons à rappeler sommairement le dispositif adopté pour le télégraphe Morse, le plus répandu, le plus employé en raison de sa simplicité et que tout le monde doit connaître, étant à même de le voir fonctionner tous les jours.

Le récepteur, c'est-à-dire l'appareil qui reçoit et enregistre la dépêche, se compose essentiellement d'un électro-aimant qui actionne une tige de fer doux à laquelle il imprime un mouvement de va-et-vient. Dans l'appareil de Morse, l'armature inscrit elle-même les signes sur une bande de papier qu'un mouvement d'horlogerie fait dérouler devant elle.

Les signes ainsi tracés font partie d'un alphabet conventionnel où chaque lettre est formée par la réunion de traits et de points, c'est-à-dire de signes bien distincts et impossibles à confondre.

Il nous paraît intéressant de mettre sous les yeux du lecteur les éléments de cet ingénieux alphabet que sa simplicité et sa clarté ont fait rapidement adopter par la plupart des services.

LETTRES ET SIGNES	LETTRES ET SIGNES	LETTRES ET SIGNES
a · —	i · ·	s · · ·
à · — — · —	j · — — —	t —
b — · · ·	k — · —	u · · —
c — · — ·	l · — · ·	v · · · —
d — · ·	m — —	w · — —
e ·	n — ·	x — · · —
é · · — · ·	o — — —	y — · — —
f · · — ·	p · — — ·	z — — · ·
g — — ·	q — — · —	
h · · · ·	r · — ·	

Le graphique de la page 12, dû au commandant Perrein, constitue un précieux moyen mnémotechnique qui facilite aux débutants l'étude de cet alphabet.

Si l'on recherche quelle est la lettre correspondant au signe — · — composé d'un trait suivi d'un point, d'un trait encore et encore d'un point, on suivra à partir du sommet la ligne des traits pleins, puis on bifurquera sur

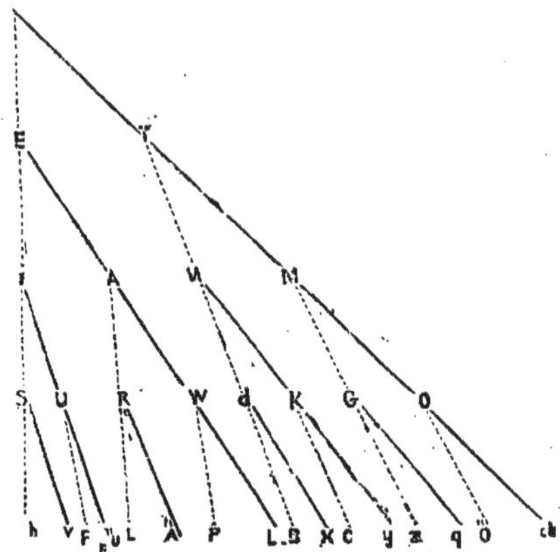

Triangle de Perrein.

la ligne des points et, reprenant la ligne pleine, on terminera par le pointillé qui aboutit à la lettre *c*.

Manipulateur. — Les signes de l'alphabet Morse, si clairs, si riches en combinaisons, se réduisent en somme à deux, le trait et le point qui s'inscrivent par le jeu d'un manipulateur extrêmement simple.

La figure ci-jointe dispense de longues explications. Chaque fois que la pointe *i* se trouve abaissée, elle ferme le

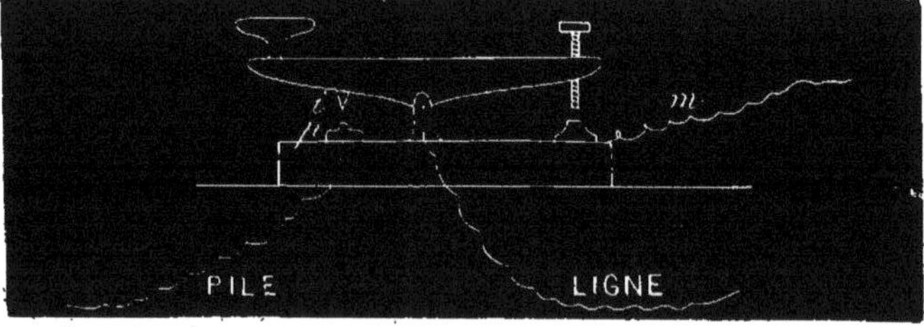

Clef Morse.

circuit, c'est-à-dire établit la communication entre la pile dont le fil aboutit en *p* et la ligne toujours en communication avec la *clef*; et le récepteur se trouve actionné. La durée du contact détermine la nature du signe (trait ou point) en faisant le tracé long ou court. Le fil *m* permet de laisser, *tant que le manipulateur est au repos*, la ligne en communication avec le récepteur.

Cette disposition permet aux employés des deux postes de se parler au moyen de l'appareil, à la condition toutefois que chaque poste ne réponde que lorsque l'autre a terminé. Une sonnerie, branchée sur le circuit, appelle l'attention.

On sait d'ailleurs qu'avec l'habitude il n'est plus indispensable de faire appel à l'inscription graphique d'une conversation télégraphique pour la comprendre. Tout le monde connaît, pour l'avoir entendu, le bruit qui résulte de la succession des chocs pendant la manœuvre de la clef de Morse. Le rythme et le nombre de ces chocs est, pour une oreille exercée, un langage parfaitement intelligible et suffisamment clair. Ajoutons qu'en Amérique on a proposé un récepteur spécial, le *sensophone*, qui permettrait aux sourds-muets et aux aveugles de recueillir les signaux par le toucher.

Le télégraphe Morse date de 1837. Sa précision et sa simplicité le firent rapidement adopter. Son emploi est général aujourd'hui.

Télégraphe a cadran. Système Bréguet. — Nous dirons seulement de ces appareils qu'ils peuvent rendre des services surtout lorsqu'on n'est pas assuré d'avoir sous la main un personnel habitué aux manipulations télégraphiques.

Si simple qu'il soit, le système Morse exige un apprentissage. En certaines circonstances urgentes, dans les gares de chemin de fer, par exemple, il faut qu'à un moment donné une personne quelconque puisse, au pied levé, sans aucune connaissance ni apprentissage et surtout sans retard, être en état de faire une transmission de dépêche.

Le système Bréguet répond à cette condition.

C'est, d'ailleurs, une observation générale, qu'il n'est point inutile de répéter, que chaque dispositif présente des avantages particuliers qui empruntent leur importance aux circonstances. Tel appareil très simple, auquel on préfère justement des systèmes perfectionnés, devient supérieur à ceux-ci le jour où l'on est mis dans l'impossibilité de profiter de ces perfectionnements. Le télégraphe électrique occupe sans contredit une situation exceptionnelle par l'état de perfection où l'ont amené les progrès des sciences; mais, en temps de guerre, il suffira que les fils soient coupés, pour que tout le bénéfice en soit anéanti. La télégraphie optique et en général tout moyen de correspondance qui permettra de se dégager de l'isolement où l'ennemi cherche à vous enfermer reprendra alors tous ses droits et ses avantages.

Du système Bréguet, nous ne dirons qu'un mot.

Le récepteur et le manipulateur sont pourvus de cadrans portant les lettres de l'alphabet en regard desquels une aiguille indicatrice peut se mouvoir. C'est l'expérimentateur qui, *à la main*, fait tourner l'aiguille à la station de départ; celle de la station d'arrivée est actionnée par l'électricité.

Quelques types de télégraphes. — Le télégraphe Morse réalise les meilleures conditions de simplicité et de solidité. Ce sont là deux facteurs importants. Mais ce ne sont pas les seuls qui doivent intervenir dans la juste appréciation d'un semblable appareil. Avec surtout les nécessités de la vie moderne à outrance, la rapidité est une qualité exigible au même titre que la perfection. Faire bien et vite. Telle est la formule qui convient.

Le télégraphe Morse n'est pas le plus rapide.

Le rythme suivant lequel sont effectués les signaux de l'appareil Morse correspond à une bonne vitesse moyenne en pratique. Mais on peut désirer mieux, et c'est à quoi tendent les systèmes dont nous allons dire un mot.

Télégraphes imprimeurs. — En se reportant au tableau de l'alphabet Morse, on voit que chaque lettre exige en moyenne trois signaux. Il y aurait évidemment économie de temps à représenter une lettre par un signal unique : pour cela, il suffit que ce signal représente directement la lettre elle-même. Tel est le principe des télégraphes imprimeurs.

Le plus connu est celui du professeur américain Hughes,

Nous en donnerons seulement le principe, les détails du mécanisme ne laissant pas que d'être assez compliqués. Il faut avant tout la simultanéité absolue et assurée de la marche du manipulateur et du récepteur. On l'obtient au moyen de deux mouvements d'horlogerie qui, respectivement situés aux deux stations, marchent exactement ensemble avec un synchronisme parfait.

Le *récepteur*, abstraction faite des détails de construction, représente un plateau circulaire horizontal. Il est fait de métal et porte sur ses bords en relief les lettres de l'alphabet. Qu'on se figure un cadran d'horloge avec ses divisions disposé horizontalement. Le relief des lettres est destiné à fournir une impression typographique d'où le nom de *roue des types* donné au récepteur. Un mouvement de rotation autour d'un axe vertical amène sucessivement chaque lettre au regard d'une bande de papier, placée à une très petite distance mais qu'elle ne touche pas, et qui se déroule comme dans l'appareil de Morse. Vient-on à lancer le courant dans le fil de ligne? aussitôt un électro-aimant fonctionne, pressant le papier contre la roue des types dont les caractères sont constamment et en tout état de cause enduits d'encre grasse, et la lettre s'imprime.

Quant au *manipulateur* au moyen duquel on lance le courant à la station de départ, c'est un clavier tout à fait comparable à celui d'un piano dont les touches porteraient les diverses lettres de l'alphabet. Il suffit, *l'appareil étant bien réglé*, de *jouer* les lettres dont se composent les mots de la dépêche pour que les *mêmes* lettres du récepteur s'impriment au poste d'arrivée. Elles s'impriment aussi d'ailleurs à la station de départ, ce qui a l'avantage de laisser une trace durable qui permet un contrôle, quelquefois exigé et toujours désirable.

Autres systèmes plus rapides. — Le besoin d'aller toujours plus vite devait faire chercher d'autres procédés plus expéditifs encore. En certaines circonstances, l'affluence des dépêches est si considérable que les lignes existantes ne suffisent plus. En créer de nouvelles entraînerait mille complications et dépenses. On a tourné la difficulté et le problème qu'on s'est posé fut d'arriver à transmettre plusieurs dépêches sur un même fil de ligne.

Les divers dispositifs qui résolvent cette question sont :

1° Les transmetteurs automatiques ;

2° Les transmetteurs multiples ;

3° Les systèmes de transmission simultanée, connus sous les noms de duplex, diplex et quadruplex.

Le type le plus parfait de la première catégorie d'appareils est dû à Wheastone. On lui donne le nom de Jacquard électrique, parce que l'appareil inventé par le savant anglais ressemble extérieurement à un métier Jacquard. Une série de dépêches est préparée d'avance par un instrument particulier, le *perforateur*, sur une bande dont les trous, comparables à ceux des cartons de musique perforée, représentent par leur disposition des signes conventionnels traduisibles en caractères Morse. La bande qui a reçu ainsi l'inscription d'un certain nombre de dépêches est ensuite, au moyen d'une roue à engrenage, entraînée et déroulée automatiquement d'une manière continue. La transmission se trouve ainsi notablement accélérée.

Dans les *transmetteurs multiples* le principe est tout différent.

Il ne s'agit plus d'envoyer automatiquement un lot de dépêches préparées et collationnées d'avance, mais de lancer les signaux électriques sans aucune interruption dans le fil de ligne qui ne cesse point d'être en activité.

Dans le maniement d'un télégraphe ordinaire, entre le moment où le manipulateur établit le premier contact et celui où, après l'interruption, il lance à nouveau le courant dans le fil de ligne, il s'écoule un temps très court, mais appréciable et en tout cas supérieur à celui qu'exige la transmission du signal ; en d'autres termes, le courant prend moins de temps pour aller exciter les appareils de la station réceptrice qu'il n'en faut à l'employé pour faire les signaux.

Pendant un court instant, le fil de ligne n'est point utilisé. C'est du temps perdu. Il s'agit de l'employer. Admettons, pour fixer les idées, qu'il faille à un employé une seconde pour la production complète d'un signal, mais que le courant n'exige, pour parvenir au but, qu'un tiers de seconde, il n'est pas douteux qu'on aurait avantage, au point de vue du rendement, à livrer la ligne successivement à trois opérateurs différents, pendant cette même seconde qui se trouverait alors, il faut en convenir, bien employée.

Comme on le voit, l'idée est des plus ingénieuses. M. Baudot l'a réalisée de la façon la plus remarquable. Le télégraphe Baudot, élégante solution du problème, est une merveille de précision et un véritable tour de force relativement à la rapidité. Il permet d'envoyer *par un même fil* jusqu'à six dépêches dans le temps nécessaire pour en imprimer une seule avec l'appareil Hughes ordinaire. Au lieu d'un manipulateur, il y en a six. L'organe essentiel de l'appareil est un *distributeur* qui établit successivement et périodiquement la communication entre ces appareils et le fil de ligne. Chaque opérateur dispose ainsi de la ligne, chacun à son tour, pendant le temps très court nécessaire à la production du premier signal, celui qui correspond par exemple à la première lettre d'une dépêche ; le second opérateur utilisant la ligne ouverte pour lui pendant le temps inutilisé par le premier et ainsi des autres après lui, tant et si bien que la première lettre des six dépêches est déjà lancée dans le fil de ligne lorsque celle-ci se trouve à nouveau mise par le distributeur à la disposition du premier employé qui exécute alors la manœuvre de la seconde lettre, et il en va de même jusqu'à la dernière lettre des six dépêches qui se trouvent ainsi envoyées respectivement par chacun des employés pendant l'intervalle d'inactivité des cinq autres. Le fil de ligne se trouve ainsi utilisé sans aucune interruption.

A la station d'arrivée, un autre *distributeur*, fonctionnant en sens inverse du premier, livre successivement à chaque fois une lettre des six dépêches à six récepteurs Hughes.

On voit qu'il est difficile d'imaginer, au point de vue de la vitesse de transmission, un *rendement* plus avantageux.

Enfin les systèmes *duplex*, *diplex* et *quadruplex* sont des modes de transmission réalisés par des combinaisons qu'on peut appliquer à tous les télégraphes. Ils reposent essentiellement sur des méthodes de montage et de dérivation des courants sur lesquelles nous ne pouvons insister ici.

Disons seulement que le *duplex* permet de transmettre

simultanément par le même fil deux dépêches *en sens contraire*. On en fait une application très heureuse au contrôle automatique des dépêches.

Avec le *diplex*, il est possible de transmettre à la fois par un même fil deux dépêches *dans le même sens*. La solution de ce problème, qui semblait tout au moins paradoxale, est due au célèbre inventeur américain Edison, qui semble s'être fait une spécialité de réaliser l'irréalisable.

Avec le *quadruplex*, qui n'est qu'une combinaison des deux systèmes précédents, c'est-à-dire le système *diplex* monté en *duplex* par la méthode dite du *pont de Wheastone*, on arrive à cet étonnant résultat : transmettre simultanément par un même fil quatre dépêches, deux dans le même sens et deux en sens contraire. Les Anglais et les Américains emploient couramment ce dispositif, après lequel il semble qu'on ne puisse rien exiger de plus au point de vue de la rapidité.

A cet égard, il nous semble intéressant de comparer les divers télégraphes employés. Le tableau suivant contient les nombres de dépêches de vingt mots que les divers systèmes permettent d'envoyer par heure sur une ligne de 400 à 500 kilomètres.

Télégraphe Morse ordinaire	25
— — monté en duplex	45
— Wheastone simple	90
— — duplex	160
— Hughes simple	60
— — duplex	116
— Baudot à six claviers	240

La transmission par le télégraphe est plus rapide que la parole.

240 dépêches de 20 mots à l'heure, voilà de quoi assurer les communications. Le télégraphe Baudot a été adopté en 1887.

TÉLÉGRAPHE HARMONIQUE. — Bien qu'il ne nous soit pas loisible de citer tous les dispositifs employés, nous voulons mentionner au moins l'intéressant appareil imaginé par M. Elisha Gray, parce qu'il est un système à transmission multiple et qu'il donne, pour la rapidité, des résultats excellents. Son principe, c'est-à-dire tout ce que nous disons ici de cet appareil, ne laisse pas que d'être original. Il repose sur l'emploi de diapasons synchrones aux deux stations. Au moyen d'un électro-aimant interrupteur, on peut faire à volonté vibrer l'un ou l'autre de ces diapasons, et toutes les variations produites au départ sont reproduites au poste d'arrivée. Le défaut de cet instrument est qu'il n'inscrit pas lui-même la dépêche. On pourrait le rapprocher des appareils de télégraphie acoustique.

TÉLÉGRAPHES AUTOGRAPHIQUES. SYSTÈME CASELLI. — Il serait injuste de passer sous silence un télégraphe qui réalise avec une ingéniosité merveilleuse la solution de ce problème véritablement séduisant : reproduire fidèlement non seulement les phrases de la correspondance, mais encore ses vrais caractères; non seulement l'écriture, mais le fac-similé d'un dessin quelconque exécuté à la station de départ. Tel est le pantélégraphe Caselli; avec lui, c'est un véritable autographe que l'on reçoit de l'expéditeur. Les détails de ce remarquable appareil qui fut employé avec succès ne rentrent point dans le plan de ce petit volume; nous renvoyons le lecteur aux traités spéciaux. Disons seulement, car c'est là une disposition intéressante, que le moteur du pantélégraphe est un pendule. Il y en a un à chacune des deux stations et entre ces deux pendules le synchronisme est et doit être assuré d'une manière parfaite. Dans ces conditions, tous les mouvements exécutés par le crayon au poste de départ sont fidèlement reproduits à l'arrivée; c'est un véritable *calque à distance*.

Nous ne poursuivrons pas cette revue des divers appareils télégraphiques. Nous ne nous occuperons pas davantage des divers organes qui entrent dans la composition de tout appareil, quel qu'il soit, de la question si importante des piles; nous dirons seulement, à titre d'indication, qu'il existe dès maintenant un dispositif qui ne nécessite *aucune pile*.

L'invention en est due à M. Siemens et a donné, à l'essai, de bons résultats. En raison du prix élevé de l'entretien des piles, c'est une espérance pour l'avenir. Un télégraphe électrique sans pile, voilà déjà un résultat singulier et inattendu. Aurions-nous aussi le télégraphe sans fil? C'est ce que nous examinerons plus loin.

Voyons auparavant dans l'état actuel des choses ce que sont ces fils et comment ils sont établis, et nous nous rendrons ainsi un compte exact des conditions de leur fonctionnement et, par suite, de leur raison d'être.

LIGNES TÉLÉGRAPHIQUES. LA QUESTION DES FILS. — Jusqu'à nouvel ordre, et depuis l'installation de la télégraphie électrique, les communications sont établies au moyen des fils métalliques formant le circuit des piles installées dans les postes et fonctionnant comme conducteurs du courant. Le courant étant lancé dans le circuit avec une intensité déterminée, il convient de prendre les dispositions nécessaires pour diminuer les chances de déperdition pendant le trajet. Le problème présente des difficultés différentes et comporte des solutions particulières selon qu'il s'agit de lignes *aériennes, souterraines* ou *sous-marines*.

LIGNES AÉRIENNES. — Tout le monde les connaît, ces fils que supportent dans l'air des poteaux bordant les routes ou les voies ferrées. C'est un décor qui nous est familier, et à ceux de notre génération il est difficile de concevoir qu'il fut un temps où la surface du globe n'était point, comme aujourd'hui, hérissée de cette forêt de mâts reliés entre eux par un fil.

Lorsqu'on est confortablement installé dans son wagon, et que l'on regarde au dehors, l'œil distrait voit la course furieuse des poteaux en sens inverse de la marche du train et la *danse des fils* qui, plus tendus au voisinage des points d'attache qu'au milieu (où le poids les entraîne), semblent alternativement s'abaisser lentement pour remonter ensuite du même mouvement lent, brusquement interrompu à chaque nouveau poteau.

Et l'on se prend à réfléchir et à fixer avec intérêt ces fils dont le frisson est fait de la pensée humaine. Et l'on se dit que tout se tient et que ces fils et ces rails qui courent parallèlement offrent l'image de la solidarité des découvertes scientifiques. Ceci a permis le développement de cela. Sans le télégraphe, le service des trains ne saurait être assuré et n'eût pas pris le développement qu'il a. La sécurité des voyageurs en dépend et aussi celle de la société en général. S'il est signalé, le malfaiteur aujourd'hui ne peut plus compter sur la vitesse du train qui l'emporte pour échapper à la vindicte publique. Par la même route et plus vite que lui, son signalement l'accompagne et le précède, volant sur ces fils qui s'aperçoivent à droite et à gauche du wagon.

Dans les premiers temps des chemins de fer et du télégraphe, en 1846, un assassinat fut commis à Salthil.

Le coupable, un nommé John Tawell, crut pouvoir s'échapper en prenant le train pour Londres. Quelques heures après, il était arrêté : il fut jugé et pendu. L'affaire fit grande sensation à l'époque, et à quelques mois de là, raconte un journal anglais, un voyageur, qui depuis quelques instants fixait en silence les fils du télégraphe, s'écria tout à coup : « Voilà pourtant les cordes qui ont pendu John Tawell! »

Il nous paraît superflu d'insister sur tout le bénéfice que la société retire de la possibilité de transmettre presque instantanément, et quelle que soit la distance, des avis d'où peut dépendre le salut d'existences humaines. Les divers accidents prévus et signalés ; les tempêtes, les cyclones, les inondations annoncés et évités ; la nouvelle de l'incendie répandue et transmise à qui de droit avant que le fléau ait eu le temps d'accomplir ses ravages ; les ordres et communications transmis sans retard en temps de guerre, voilà, pour ne citer que ceux-là, autant de bienfaits à l'actif du télégraphe. Et tout cela est l'œuvre d'un simple fil. Reliant les divers points d'un pays, les fils télégraphiques n'en laissent aucun complètement isolé des autres. Ils font de ce pays un véritable organisme dont, suivant une comparaison pittoresque souvent employée, ils sont en quelque sorte les filaments nerveux. L'âme du monde moderne palpite le long de ces fils.

Développement des fils de lignes télégraphiques. — Avec le progrès des relations et au fur et à mesure du développement des communications rapides rendues chaque jour plus nécessaires, le réseau s'est continuellement accru. En 1851, l'on ne comptait encore en France que 2,000 kilomètres de fils. Dès 1874, le développement total s'élevait à 2,000,000 de kilomètres, soit 50 fois la longueur de la circonférence du globe. Chaque jour, les besoins se multiplient et l'on multiplie les lignes.

En certaines circonstances exceptionnelles, le mouvement des correspondances télégraphiques s'exagère d'extraordinaire façon. Pendant la guerre de 1870, il y eut en Angleterre plus de dix millions de dépêches expédiées.

Le 18 juillet de cette malheureuse année, le jour même où fut connue à Londres la déclaration de guerre, 20,592 dépêches passèrent par la station centrale. (W. Auber.)

A l'heure actuelle, d'après les évaluations les plus récentes, le monde est parcouru par 7,000,000 de kilomètres de fil, sans parler des 292,000 kilomètres de câbles sous-marins.

Les fils métalliques qui sont suspendus et s'entre-croisent dans l'air pour servir de conducteur au flux électrique deviennent d'ailleurs de jour en jour plus nombreux, par le fait de l'adjonction des services téléphoniques, de distribution de lumière et de traction.

S'il est malheureusement trop vrai que l'aspect artistique et décoratif des villes y perd beaucoup, l'on peut trouver quelque consolation dans cette pensée que le développement de l'activité humaine ne saurait qu'y gagner.

DISPOSITIFS EMPLOYÉS DANS L'ÉTABLISSEMENT DES FILS. — Dans la construction des lignes télégraphiques, on a recours comme supports à des poteaux de bois ou de fer. En France, l'on emploie exclusivement les premiers qu'on rend imputrescibles en les injectant d'un liquide tel que le sulfate de cuivre (procédé Boucherie) ou la créosote (systèmes anglais et allemand). Sur ces poteaux, hauts de 6 à 10 mètres, on fixe, pour maintenir et isoler les fils, des consoles de porcelaine dont le modèle est variable (cloche en anneau, cloche en champignon, etc.), mais qui toutes affectent la forme d'une cloche ayant l'ouverture dirigée en bas, pour éviter qu'elles ne s'emplissent d'eau, ce qui détruirait l'action isolante du support.

Le fil lui-même, c'est-à-dire la route que doit suivre le courant, est en fer galvanisé et d'environ 3 à 5 millimètres de grosseur. Il doit en effet réunir plusieurs qualités essentielles, n'avoir autant que possible qu'un faible poids, offrir une *résistance* aussi minime que possible, et être mis à l'abri des déperditions. Sur ce dernier point, il est impossible d'empêcher que le vent, l'agitation des branches des arbres voisins, etc., n'amènent des contacts qui établissent momentanément une dérivation et font une *saignée* à la ligne. D'où l'emploi de *relais*. D'ailleurs, quelles que soient les précautions prises, l'intensité du courant à l'arrivée est toujours une fraction seulement de celle qu'il mesure au départ.

Parmi les fils que nous voyons tendus entre les poteaux, sur les côtés de la voie, il y en a qui desservent toutes les stations; on les dit : fils *omnibus*. D'autres, les *directs*, établissent seulement la communication entre les principaux centres importants.

Les lignes télégraphiques appartiennent à l'administration, c'est-à-dire à l'État. Toutefois, les compagnies de chemins de fer possèdent leurs fils spéciaux.

Enfin il faut savoir qu'entre deux stations télégraphiques, il n'y a qu'un seul fil pour les relier. Autrefois on en mettait deux parce qu'on les croyait nécessaires pour former le circuit complet dans lequel est lancé le courant.

Mais *Steinheil* reconnut qu'il était possible de ne pas s'astreindre à cette condition du double fil et posa le principe du *retour du courant par le sol*.

Aujourd'hui, dans tous les systèmes de lignes, on fait ainsi l'économie d'un fil; à la station de départ, le pôle négatif de la pile est mis en communication avec le sol; à l'arrivée, l'extrémité du fil de ligne (lequel émane du pôle positif) plonge également dans le *réservoir commun. Tout se passe comme si* le courant était fermé par un fil de retour, dont le rôle est tenu par le sol avec l'avantage d'une résistance infiniment moins grande.

Telle est en raccourci la façon dont s'établit une ligne télégraphique aérienne. A l'heure actuelle, dans notre seul pays, plus de 200,000 kilomètres de fils sont ainsi suspendus dans l'air. Le globe terrestre tout entier se trouve, par eux, enveloppé d'un véritable réseau.

Qui songe aujourd'hui à s'en étonner? Et pourtant ces appareils furent à leur première apparition accueillis par des risées et des quolibets. On trouvait ces « fils en l'air » souverainement ridicules. Il faut avouer du moins qu'ils ont rendu quelques services.

LIGNES SOUTERRAINES. — Au début de la télégraphie, toutes les lignes étaient souterraines ; actuellement on les emploie concurremment avec les fils aériens, soit pour éviter les encombrements, soit par simple mesure de prudence.

La construction des conducteurs souterrains présente des difficultés spéciales. Le sol est, en effet, imprégné de substances diverses qui exercent sur les fils une action destructive.

Tout l'effort des constructeurs se porte donc sur l'emploi des meilleures couches protectrices.

LIGNES SOUS-MARINES. — Ici les difficultés croissent avec la multiplicité des causes de destruction. L'action corrosive de l'eau de la mer, les chocs, la pression, l'agitation de la masse liquide sont autant de causes de détérioration auxquelles il faut ajouter les accidents causés par divers animaux tels que les tarets, pour ne citer que ceux-là.

Tout récemment, un câble installé en Indo-Chine avec toutes les précautions les plus minutieuses fut complètement mis hors de service par les ravages d'un animalcule qui ne serait autre, d'après M. Bouvier, professeur au Muséum, qu'un termite.

En raison des dangers qui le menacent, le conducteur sous-marin n'est pas un fil, mais un câble dont l'enveloppe protectrice est faite de plusieurs couches d'étoffes et de chanvre imbibées de sulfate de cuivre.

En dépit de toutes les précautions, les accidents sont toujours possibles.

Les débuts de la télégraphie sous-marine furent assez malheureux.

En 1849, un ingénieur français, Brett, réalisant le projet conçu par Wheastone dès 1840, exécuta le premier essai dans l'étroit chenal de la Manche, entre Calais et Douvres. On sait que ce détroit mesure à peine 40 kilomètres. L'entreprise était modeste, relativement aux lignes gigantesques actuellement existantes ; elle n'en fut pas moins malheureuse. Par bonheur, cet insuccès ne réussit pas à décourager les bonnes volontés ; l'on recommença l'année suivante et le succès fut complet. Alors on visa plus haut ou plus loin. En 1858 on posa le premier câble transatlantique reliant le nouveau monde à l'ancien, à travers trois mille kilomètres. La première dépêche fut échangée entre Valentia et Terre-Neuve. Rédigée dans une note grave et solennelle qui convenait à la situation, elle était ainsi conçue : « Gloire à Dieu dans le ciel et paix sur la terre aux hommes de bonne volonté. »

Ces premiers succès excitèrent un enthousiasme indescriptible, mais... le câble se rompit quelques jours après.

Il fallut recommencer. Pour cela, on appareilla spécialement le *Great-Eastern*, qui s'acquitta avec succès en 1865 de la mission qui lui fut confiée.

Aujourd'hui, l'on sait quel développement a pris la télégraphie sous-marine, dont on ne saurait plus se passer.

Ce qui semblait une utopie en 1840 est devenu réalité.

Près de 300,000 kilomètres de câbles relient les continents aux continents et aux îles, et les îles entre elles. Le *soubresaut* électrique franchit les distances et les fait disparaître. On se parle d'un monde à l'autre et cela est l'œuvre du fil télégraphique.

> Paris, Londres, New-York, les continents énormes
> Ont pour lien un fil qui tremble au fond des mers [1].

III

TÉLÉGRAPHIE ÉLECTRIQUE SANS FILS

Pour beaucoup de personnes, l'idée du télégraphe ne se sépare pas de l'image d'un fil et même d'un fil aérien, bien qu'on sache que la ligne peut être souterraine ou sous-marine. Tout le monde, en tout cas, sait qu'il faut un chemin au courant électrique et tel est, en effet, le rôle des lignes télégraphiques, quel que soit le dispositif adopté. Les fils sont des conducteurs. Est-il possible de les supprimer ? Telle est la question qui se pose aujourd'hui.

Elle est complexe et veut être bien posée.

On peut l'entendre de deux manières.

S'agit-il de la substitution au fil conducteur ordinaire du courant électrique d'un autre conducteur ?

1. V. HUGO.

Ou bien la formule radicale, lancée dans le public :
« plus de fil », signifie-t-elle suppression de tout conducteur ?

Nous allons examiner les deux cas.

1° Entendue dans le premier sens, la question est d'avance résolue par l'affirmative. Sans aucun doute, le fil peut être supprimé si vous le remplacez par un autre conducteur qui fera la besogne qu'il faisait ; mais cela n'a d'intérêt qu'autant que le nouveau conducteur choisi fera mieux, ou s'il présente une plus grande facilité d'installation. C'est uniquement à cette dernière considération qu'il faut s'arrêter.

Car, au point de vue de la perfection du travail fourni, rien jusqu'ici ne peut remplacer les fils actuellement employés ; on s'est précisément attaché, dans la construction des lignes, à réaliser le conducteur le plus parfait. Le fil que nous connaissons est né d'une étude approfondie du sujet, et il est assez bien conçu pour que, dans l'état actuel des choses, aucun autre conducteur spécial ne puisse avantageusement le suppléer. Il a toutefois cet inconvénient qu'il faut l'installer. Mais où trouver un conducteur tout installé ? dans le sol même. La solution a été trouvée depuis longtemps.

Nous avons vu déjà les services télégraphiques supprimer le *fil de retour*, laissant au sol, suivant les indications de Steinheil, le soin d'en jouer le rôle et de *fermer* le circuit. Cela était un acheminement et pouvait mettre sur la voie.

Il convient toutefois à cet égard de remarquer ceci : ce qu'on est convenu d'appeler le *retour du courant par le sol* n'est qu'une façon d'interpréter le phénomène. *Tout se passe comme si*, en effet, le courant lancé dans la ligne revenait à la pile du poste de départ ; mais le résultat final peut recevoir une autre explication sans doute plus exacte.

La terre, qui est en somme un assez médiocre conducteur du courant électrique, est par contre le *réservoir commun* où s'écoule et se perd toute électricité. On peut très bien concevoir que la marche de la pile résulte de ce que le fil de la ligne ne peut jamais atteindre un état d'équilibre électrique pour ce motif qu'à la station d'arrivée, ce fil plongeant dans le sol, le fluide électrique est soutiré et se perd sans cesse dans le réservoir commun; exactement comme une barre qu'on chauffe à une extrémité et dont l'autre extrémité plonge dans la glace n'atteindra point un état d'équilibre de température.

Quoi qu'il en soit, il n'en est pas moins vrai que le sol, tout mauvais conducteur du courant qu'il soit, n'est pas incapable de le transmettre. Cela résulte des expériences de Bourbouze. Ce sont, à notre connaissance, les premiers essais réalisés au point de vue de la question qui nous occupe : la télégraphie électrique sans fils.

Historique de la question. Premiers essais. — C'était pendant le siège de Paris, époque où la détresse et l'impérieux besoin de communiquer avec l'extérieur surexcitaient les imaginations et développaient l'esprit d'invention. Les correspondances par ballons et pigeons voyageurs ne laissaient pas que d'être insuffisantes et par trop incertaines. Il fallait trouver mieux.

M. Bourbouze, alors préparateur à la Sorbonne, et depuis longtemps occupé de travaux relatifs à l'électricité, avait dans son jardin installé un télégraphe sans fil, où la communication se trouvait établie par le sol lui-même. Le conducteur était médiocre, mais suffisant, étant donnée la faible distance parcourue, et le système fonctionnait d'une façon satisfaisante. C'était déjà un premier pas de fait. Mais dans la pratique, où les distances à franchir devaient dépasser de beaucoup les limites de cette expérience, il y avait fort à craindre que le courant ne se perdît et ne se diffusât dans le sol suivant toutes directions autres que celle qui joindrait les deux postes. Il fallait de toute nécessité trouver mieux. Or M. Bourbouze, partant de ce principe que la conductibilité électrique du sol est attribuable seulement à l'eau dont celui-ci est imprégné, pensa avec raison qu'on pourrait trouver dans l'eau même un conducteur de meilleure qualité. Et, tout naturellement, il songea à l'utilisation d'un cours d'eau, c'est-à-dire un conducteur de trajet déterminé.

Qu'est-ce en effet qu'un fil électrique sinon un chemin tout tracé offert à l'électricité qui le suivra de préférence en raison de sa conductibilité plus grande que celle du milieu ambiant ! Placé entre l'air et le sol du fond, un cours d'eau réalise le dispositif d'un fil de dimensions plus considérables (ce qui n'est point un désavantage au point de vue de la résistance) — dont le pouvoir conducteur est de beaucoup supérieur à celui qui l'enveloppe. C'est un câble d'une nature particulière : au lieu d'être métallique il est fait de liquide. Il conduira le courant moins bien que le métal, mais il le conduira et mieux que l'air et mieux que le sol.

L'Académie, à qui M. Bourbouze soumit son idée et son projet, autorisa des essais sous le contrôle d'une commission. Les essais furent faits sur la Seine et obtinrent un plein succès. Un courant lancé au pont de la Tournelle fit dévier l'aiguille d'un galvanomètre en communication avec l'eau au pont de la Concorde. Il suffisait de produire des interruptions périodiques et rythmées pour constituer un alphabet du genre Morse.

Le problème de la communication sans fil se trouvait dès lors résolu. Ce qui se produisait sur le parcours du fleuve intérieur à Paris, il n'y avait qu'à l'obtenir de Paris à un point extérieur à l'enceinte de la ville assiégée où se transporteraient des expérimentateurs. On choisit Poissy, et M. d'Almeïda, un de nos professeurs au lycée Henri IV, partit en ballon.

Le malheur voulut que l'aérostat fut entraîné au loin, et l'expérience n'eut pas d'autres suites.

Il n'en est pas moins vrai qu'elle était absolument réalisable, et le fait reste acquis à la pratique des communications télégraphiques ;

2° Depuis quelques années, le problème se pose autrement. On a reconnu aux courants la possibilité de transmettre leur action *sans fil ni aucun autre conducteur* sinon l'air, c'est-à-dire sans aucune installation préalable d'un chemin tracé d'avance à l'électricité.

Une des premières constatations de ce fait est due à une observation fournie par le hasard. En 1884, à Londres, des circuits téléphoniques, dont les fils étaient placés à plus de 20 mètres de hauteur, furent influencés par le courant de lignes télégraphiques installées dans les rues de Londres et isolées à l'intérieur de tuyaux en fer. A travers l'air, la communication s'établit si bien que les messages lancés dans la ligne télégraphique furent transmis par les fils du téléphone.

Le fait était remarquable autant qu'inattendu et l'attention fut attirée sur les circonstances de production de cette remarquable *action à distance*. Des expériences très minutieuses furent entreprises au cours des années 1886 et 1887, d'où il résulte que la conductibilité de la terre n'est pour rien dans le phénomène, lequel est dû exclusivement à la production d'ondes électro-magnétiques qui se propagent à travers l'air.

On réussit ainsi, en 1892, à envoyer des messages à travers le canal de Bristol dans une partie large de plus de 5 kilomètres.

Une première et heureuse application de ces expériences fut faite en 1895, lors d'un accident survenu au câble reliant Oban et l'île de Mull. La communication ne fut pas pour cela interrompue. On utilisa des fils situés respectivement sur chaque rive, à 8 kilomètres de distance et parallèles entre eux.

Les détails de l'installation ne sauraient trouver place ici. Disons seulement que les courants lancés dans les premiers fils donnaient lieu à des ondes électro-magnétiques qui se propageaient à travers l'espace. En rencontrant les fils de l'autre rive, leur énergie se transformait en courants secondaires qui, recueillis dans ce second circuit, reproduisaient les signaux.

L'an dernier, en juillet 1896, M. Marconi présenta en Angleterre un autre système à dispositif nouveau et différent dans ses détails, mais dont le résultat est aussi de transmettre des signaux à distance par le moyen d'ondes électro-magnétiques se propageant à travers l'air.

La description minutieuse de l'appareil de Marconi et l'exposé complet de son fonctionnement nécessiteraient des explications techniques, qui ne sauraient trouver place ici. Toutefois, il n'est pas impossible de donner une idée du principe de la méthode.

M. Marconi utilise des ondes électro-magnétiques de très grande fréquence.

Le générateur de ces ondes est essentiellement constitué par deux sphères métalliques S, placées dans un bain d'huile H, dont le principal objet est de maintenir électriquement propres les surfaces des deux sphères.

Celles-ci sont placées de manière que la moitié de chacune plonge dans le bain, tandis que l'autre moitié reste à l'extérieur, en regard de deux petites boules B.

Celles-ci se trouvent respectivement reliées aux deux extrémités du circuit secondaire d'une bobine d'induc-

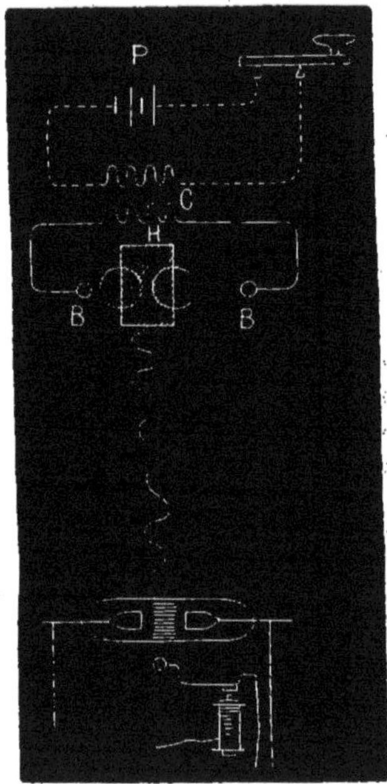

Appareil Marconi.

tion C, dont le circuit primaire est excité par une batterie P, que commande une clef Morse. La manœuvre de cette clef détermine la production d'étincelles qui éclatent entre les grosses et les petites sphères. De là des oscillations très rapides (dont la fréquence atteindrait 250 millions par seconde) et susceptibles d'agir à distance.

Pour recueillir ces ondes magnéto-électriques, l'appareil est complété par un *récepteur* tout spécial dont le caractère essentiel est une extrême sensibilité. C'est un petit tube de verre, à l'intérieur duquel sont disposées en regard deux électrodes d'argent E.

L'intervalle très petit (1/2 millimètre environ) qui sépare les deux électrodes est rempli-par un mélange de poudre de nickel et d'argent, additionné d'une très petite quantité de mercure. Ajoutons que le vide a été fait jusqu'à 4 millimètres dans ce tube, qui fait partie d'un circuit renfermant une pile et un relais télégraphique.

Quel est le rôle de la masse pulvérulente qui sépare les deux électrodes ? A l'état ordinaire, c'est un *isolateur* ; mais dès qu'elle est atteinte par les ondes électriques, elle devient, au contraire, grâce à une véritable « polarisation » qui établit les contacts et permet le passage du courant un véritable *conducteur*. Enfin, un petit marteau placé en regard du tube de verre vibre très rapidement sous l'influence du courant et produit ainsi des sons qui « permettent de suivre à simple audition les caractères Morse[1] ». Il est d'ailleurs loisible d'enregistrer ces signaux sur le papier.

La méthode de M. Marconi vient d'être tout récemment en Italie l'objet d'expériences[2]. Celles-ci furent entreprises à la Spezzia, sur l'ordre des autorités italiennes, entre la terre et des navires arrêtés en rade ou en marche. Les principaux résultats de ces expériences, relatées dans diverses revues italiennes et françaises, y sont résumées comme suit[3] :

1° Avec des conditions atmosphériques favorables et notamment en l'absence de tension électrique de l'air, la réception des dépêches s'opère bien de la terre jusqu'à la distance de 8,9 milles marins, soit plus de seize kilomètres ;

2° L'existence d'une tension électrique dans l'atmosphère libre rend l'usage de l'appareil Marconi impossible ;

3° Même par un temps clair et en l'absence de toute tension électrique de l'atmosphère, la transmission est enrayée par les hautes montagnes, les îles, les promon-

1. W. H. Preece, *Télégraphie sans fils*. — Extrait d'un discours prononcé à la Royale Institution de Londres, 4 juin 1897 et donné par la *Revue scientifique* (17 juillet 1897), à laquelle nous empruntons ces détails.

2. Il résulte de communications récentes que l'organe essentiel de ces appareils employés par M. Marconi a été imaginé par M. Branly qui a donné à son tube à limaille le nom de *radio-conducteur*.

3. *Rivista maritima* et *Revue scientifique*, juillet et octobre 1897.

toires qui peuvent émerger entre la terre et le navire ;

4º La distance de transmission se trouve aussi diminuée, si les mâts, cheminées, etc., du navire se trouvent sur la ligne qui joint le transmetteur au récepteur, par exemple si l'appareil est à l'arrière du navire et que celui-ci marche directement vers le poste à terre.

CONCLUSION

En 1846, le Dr Guyot, médecin et député, comme d'autres, et l'un des hommes considérés comme les plus compétents en la matière, laissait tomber du haut de la tribune parlementaire ces étranges paroles ; parlant du télégraphe électrique, il le déclarait « un instrument ridicule dont les services seraient nuls, *absolument nuls* ».

Pouillet, il est vrai, le savant physicien, avait, avant lui, en termes plus mesurés, mais d'une égale valeur prophétique, déjà jugé le procès dans le même sens, en déclarant le télégraphe une « brillante utopie ». C'est aussi la réponse qu'on fit tout d'abord à Wheastone, lorsqu'il proposa l'établissement d'un câble sous-marin. Nous nous rappelons nous-même, assistant aux premiers essais du téléphone, avoir entendu un savant justement réputé émettre cette idée, que c'était là un appareil *sans aucun avenir*.

Tant il est vrai que les esprits les plus distingués ont peine à s'affranchir de ce sentiment de défiance qu'une découverte nouvelle, s'écartant des sentiers battus et des opinions accoutumées, ne manque jamais de susciter. Comme tant d'autres, le télégraphe eut beaucoup de peine à forcer les circonstances. Depuis il a fait son chemin.

Pour nous, il nous semble qu'en reportant les regards en arrière et mesurant le chemin parcouru, devant les étonnants résultats acquis et en présence des nombreux perfectionnements que chaque jour apporte à la télégraphie depuis l'origine, il nous semble qu'on est en droit d'être satisfait du présent et confiant en l'avenir.

Le Gérant : J.-B. BRIAUD.

Sceaux. — Imprimerie E. Charaire.